Romeo & Julia in Corona

A novelette in flash

Sylvia Petter

Flo Do Books

www.FloDoBooks.com

CONTENTS/INHALT

INTRODUCTION

Under the direction of the US American, Nancy Stohlman, I took part in FlashNano in November. 2020. It was about writing a flash story every day with fewer than 1,000 words. Since I take care of the "scrounging at the highest level" for the Viennese charity *PCs für Alle*, my stories had to do with the work of the association and led to a fiction: *Romeo & Julia in Corona*. I would now like to give you these stories written originally in English in German, and am happy that Regina K. took care of my "der-die-das", etc. One of the stories was included in the *Higher Powers* exhibition of the Vienna Art History Museum May to August 2021. My thanks to Gerfried Mikusch, Vienna, for the cover design, and to Rachel Phillips in Geneva for formatting help.

EINLEITUNG

Unter der Leitung der US-Amerikanerin Nancy Stohlman, habe ich im November 2020 bei FlashNano 2020 mitgemacht. Es ging darum jeden Tag eine Geschichte mit weniger als 1,000 Worten zu schreiben. Da ich mich sehr ums „Schnorren auf höchstem Niveau" für den Wiener Verein *PCs für Alle* kümmere, hatten meine Geschichteln mit der Arbeit des Vereins zu tun und führten zu einer Fiktion: *Romeo & Julia in Corona.* Ich möchte nun diese auf Englisch geschriebene Geschichteln euch auch auf Deutsch wiedergeben, und freue mich, dass Regina K. sich um meine „der-die-das" usw. kümmerte. Eine der Geschichteln wurde in die Höhere Mächte-Ausstellung des Kunsthistorischen

Museums Wien von Mai bis August 2021 aufgenommen. Mein Dank gilt Gerfried Mikusch, Wien, für die Covergestaltung und Rachel Phillips in Genf für die Formatierungshilfe.

What they said...

"Scenes of a young love told with a hopeful and wise view of human powers. Particularly suitable for encouraging young people." - Stefan T. Hopmann, Educational Scientist

"A tender love story between two young people, written with a light touch, in the tense time of the 1st lockdown" - Günther Kaip

"After reading the book, I knew that computers, raspberries, falafel and masks somehow belong together, and immediately afterwards I pulled out my old, dusty Raspberry PI. It still runs as if there had never been a lockdown... "- Robert Wolff, Schinken-Verlag, Germany

I fell in love with the book, with its characters, who time and again put a smile on my face. If I were an English teacher, I would read the book with my students. Definitely. - Regina Kummetz

DAY 1

Motherboard!

Run don't walk. The water's rising and I've got to get all the equipment to dryer ground. Won't be able to go to the garage after 8 pm because of the curfew anyway. Where's my list? Mother board! Monitor. Troubleshoot. Speakers? It's pouring now. They didn't think of that. They didn't think of a lot of things. The homeless man with only his pit bull to keep him warm and safe. He can't go online. He has no equipment. And the kids? Home schooling. Mum can't afford a pc since dad left her in the lurch. They're putting her and the kids out on the street. In the rain. Motherboard! Motherboard!

TAG 1

Hauptplatine!

Lauf! Das Wasser steigt und ich muss die gesamte Ausrüstung ins Trockene bringen. Wegen der Ausgangssperre darf ich sowieso nicht nach 20 Uhr in die Garage. Wo ist meine Liste? Hauptplatine! Monitor. Fehlerbehebung. Lautsprecher? Es strömt jetzt. Daran haben sie nicht gedacht. Sie haben an viele Dinge nicht gedacht. Der Obdachlose, der nur seinen Pitbull hat, um ihn warm und sicher zu halten. Er kann nicht online gehen. Er hat keine Ausrüstung. Und die Kinder? Heimunterricht. Mama kann sich keinen PC leisten, da Papa sie im Stich gelassen hat. Sie bringen sie und die Kinder auf die Straße. Im Regen. Hauptplatine! Hauptplatine!

DAY 2

A decision must be made

"Mother, I want to learn how to do it. We will need it. And we all will need someone in the family who can troubleshoot."

"I will ask Father, Selena. He will not let you go alone. He will want your brother to accompany you."

"But it´s women only, Mother."

"I will talk to him."

***

"She wants to go and learn how to build a computer. How to shoot, she says."

"Out of the question! Only my son can shoot. Where is this place? When? How much?"

"It is free. It is in a wide open space because of the virus. They will wear masks. Women only. It starts next week. We need to sign up today."

"No daughter of mine will shoot!"

"She will shoot trouble. Computer trouble. So that she can fix it when things go wrong. I can go with her. I can learn, too. Everything is online now. We need a computer. We need to know."

"My son can learn."

"It is women only – for free. She can teach him. We can teach him."

"Who will cook?"

"Ali can go to your brother´s and learn. Your brother is such a good cook. Ali would like to learn to cook. He is always in my kitchen. Under my feet. In the way."

"What do you mean my son is in the way?"

"He wants to cook. Let him learn. Send him to your brother. Let Selena go to the course. I will go with her. Everyone will be wearing a mask. It is getting colder. With her hijab and the mask, she will look like she is wearing a niqab. All the women will look like this. Is that not a good thing? Selena can show the way."

"I will consider. Where is Ali?"

"In the kitchen."

"Ali!!!!"

TAG 2

Die Entscheidung

„Mutter, ich will lernen, wie es geht. Wir werden es brauchen. Wir werden alle in der Familie jemanden brauchen, der Fehler beheben kann.“

„Ich werde Vater fragen, Selena. Er wird dich aber nicht alleine gehen lassen. Er wird wollen, dass dein Bruder dich begleitet.“

„Aber es ist nur für Frauen.“

„Ich werde mit ihm reden.“

***

„Sie will lernen, wie man einen Computer baut. Wie man Fehler behebt, sagt sie.“

„Kommt nicht in Frage! Nur mein Sohn kann Fehler beheben. Wo ist dieser Ort? Wann? Wieviel kostet es?“

„Es kostet nichts. Der Ort ist im Freien wegen Corona. Sie werden Masken tragen. Nur Frauen. Es fangt nächste Woche an. Wir müssen heute Bescheid geben.“

„Meine Tochter kann keine Fehler beheben.“

„Sie wird lernen Computerfehler zu beheben. Wenn es Probleme gibt. Ich kann sie begleiten. Ich kann auch lernen.

Alles ist online heute. Wir brauchen einen Computer. Wir müssen damit umgehen können.“

„Mein Sohn kann lernen.“

„Es ist nur für Frauen. Gratis. Sie kann ihm alles beibringen. Wir können ihm alles beibringen.“

„Wer wird kochen?“

„Ali kann zu deinem Bruder gehen, kochen lernen. Dein Bruder kocht so gut. Ali möchte kochen lernen. Er ist ständig in meiner Küche. Im Weg.“

„Was heißt das, mein Sohn ist im Weg?“

„Er will kochen. Lass ihn lernen. Schick ihn zu deinem Bruder. Lass Selena den Kurs machen. Ich begleite sie. Alle werden Masken tragen. Es wird kälter. Mit hijab und Maske wird es fast sein als ob wir niqab tragen. Alle Frauen werden so sein. Ist das nicht etwas Gute? Selena wird uns allen den Weg weisen.“

„Ich werde darüber nachdenken. Wo ist Ali?“

„In der Küche.“

„Ali!!!!“

DAY 3

Something unexpected in the closet.

Aicha brought the box home. The man said that it was all she would need to build a little pc.

She went to her room and pushed the clothes in her closet to the side leaving three shelves bare. On the top shelf she placed a monitor on the middle shelf, she placed a keyboard and a mouse. Something was missing. Where was its brain?

She´d asked the same question in the course.

"It´s not a brain," the man had said.

"What is it?"

"A raspberry."

"But that´s a fruit."

"Yes."

"Ah," she said. "A small fruit. A brain."

"If you like," he said.

***

"Mama, I can´t find my raspberry."

"Look in my closet," her mother said.

"Your closet?"

"It´s cooler there. I put the whole box in to ripen."

"I only need one," Aicha said. "Mine."

Her mother huffed and opened the closet. "They are ripe now anyway. Hold the box please."

"Mama, what´s that box?"

"I don´t know," her mother said. "Your father must have put it there. What does it say on the box?"

"Raspberry Pi. Mama, it´s my brain!"

Aicha hugged her mother and ran to her room with the box. She unpacked it, attached the monitor and the keyboard. Now to start up.

"Erhem." Her father stood in the doorway. He was smiling. "So you found it?" he said.

Aicha ran to hug him. "Thank you."

"It came today. I had to pay cash. 50 Euros. Now you can get cracking," he said.

Aicha grinned. She had her own mini-computer, her raspberry. Something so small would take her far.

TAG 3

Versteckte Frucht

Aicha brachte die Kiste nach Hause. Der Mann hatte gesagt, das sei alles was sie brauche, um einen kleinen PC zu bauen. Sie ging in ihr Zimmer und schob die Kleidung in ihrem Schrank zur Seite, in dem drei Regale leer waren. In das oberste Regal platzierte sie einen Monitor, im mittleren Regal eine Tastatur und eine Maus. Es fehlte etwas. Wo war das   Gehirn?

Sie hatte die gleiche Frage im Kurs gestellt.

„Es ist kein Gehirn," hatte der Mann gesagt.

„Was ist es denn?"

„Ein Raspberry."

„Eine Himbeere? Aber das ist eine Frucht."

„Ja."

„Ah, eine kleine Frucht ist ein Gehirn."

„Wenn du so willst," hatte er geantwortet.

***

„Mama, ich kann meine Himbeere nicht finden."

„Schau in meinen Schrank," sagte ihre Mutter.

„Deinen Schrank?“

„Dort ist es kühler. Ich habe die ganze Schachtel zum Reifen gegeben.“

„Ich brauche nur eine Himbeere,“ sagte Aicha. „Meine.“

Ihre Mutter schnaufte und öffnete den Schrank. „Sie sind jetzt sowieso reif.“

„Mama, was ist das für eine Kiste?“

„Ich weiß nicht“, sagte ihre Mutter. „Dein Vater muss sie dort hingelegt haben.“

„Was steht auf der Schachtel?“

„Raspberry-Pi.“

„Mama, es ist mein Gehirn!“

Aicha umarmte ihre Mutter und rannte mit der Kiste in ihr Zimmer. Sie packte es aus, befestigte es am Monitor und schloss die Tastatur an. Nun zum Start.

„Erhem,“ sagte ihr Vater, der in der Tür stand. Er lächelte.

„Also hast du es gefunden?“, fragte er.

Aicha rannte los, um ihn zu umarmen. „Vielen Dank.“

„Es kam heute. Ich musste bar bezahlen. 50 Euro. Jetzt kannst du loslegen“, sagte er.

Aicha grinste. Sie hatte ihren eigenen Mini-Computer, ihre Himbeere. Etwas so Kleines würde sie ganz weit bringen.

DAY 4

A little birthday story

"How do you wrap a raspberry?"

"Let us pretend it is a fruit."

"She will look for a fruit?"

"We shall hide it in my closet. It is in a box. I will wrap it in birthday paper."

"What a clever wife I have."

"Thank you for letting her go to the course. And for buying the raspberry."

"He put his arm around his wife."

"Aicha shall make her life. It is a different world now."

TAG 4

Eine kleine Geburtstagsgeschichte

„Wie wickelt man eine Himbeere ein?"

„Stellen wir uns vor es sei eine Frucht."

„Sie wird nach einer Frucht suchen?"

„Wir werden sie in meinem Schrank verstecken. Sie ist in einer Box. Ich werde sie in Geburtstagspapier einwickeln."

„Was für eine kluge Frau ich habe."

„Danke, dass du sie zum Kurs gehen lässt. Und für den Kauf der Himbeere."

Er legte seinen Arm um seine Frau.

„Aicha wird ihr Leben machen. Die Welt hat sich verändert."

DAY 5

Mother, no!

"Why are you late?"

"I hung out with some of the girls."

"Just the girls?"

"Some brothers came to fetch them. We chatted."

"Chatted? With boys. Does your brother know them?"

"I don´t know. I don´t care."

"What are you hiding?"

"Nothing."

"Why are you smiling as if you have a secret? What is it?"

"There is no secret."

"You met up with one of the boys? I will have to tell your father."

"Mother, no!"

TAG 5

Mutter, nein!

„Warum bist du zu spät?"

„Ich habe mit einigen der Mädchen rumgehangen."

„Nur mit Mädchen?"

„Einige Brüder kamen, um sie abzuholen. Wir plauderten."

„Geplaudert? Mit Jungs. Kennt dein Bruder sie?"

„Ich weiß es nicht. Es ist mir egal."

„Was versteckst du?"

„Nichts."

„Warum lächelst du, als hättest du ein Geheimnis? Was ist los?"

„Es gibt kein Geheimnis."

„Du hast dich mit einem der Jungs getroffen? Ich werde es deinem Vater sagen müssen."

„Mutter, nein!"

DAY 6

Course day

Make tea for father.

Check that all pieces necessary for course are there. Raspberry, monitor, keyboard, mouse.

Check that mobile phone is charged. Top up for tethering.

Fix hijab.

Kiss mother goodbye. Hug her. Wave to father.

Text Ali.

Text Ali Father´s favourite recipe. Octopus/rice mash rolled in grape leaves.

Wash hands.

Put on mask.

Take tram.

Assemble pc with raspberry Pi.

Help interpreter for new girl. Ali´s sister!

Talk to her.

***

"My brother is learning to cook."

"Kewl!"

"He´s picking me up today."

"Uh oh. He didn´t tell me that. "

Go slow.

"Ali, meet Aicha."

"Hi."

"He cooks."

I know. "Oh? How kewl."

Reminder to self.

Talk it all out.

Gotta go. Tram´s coming.

Look at text: "Thanks for recipe", Ali wrote.

Smiles.

TAG 6

Kurstag

Tee für Vater machen.

Überprüfen, ob alle für den Kurs notwendigen Teile vorhanden sind. Himbeere, Monitor, Tastatur, Maus.

Überprüfen, ob das Mobiltelefon aufgeladen ist.

Hijab richten.

Mutter auf Wiedersehen küssen. Dem Vater zuwinken.

Ali schreiben.

Vaters Lieblingsrezept an Ali schicken. In Weinblättern gerollter Reisbrei.

Hände waschen.

Maske aufsetzen.

Straßenbahn erwischen.

PC mit Himbeer-Pi zusammenbauen.

Dolmetscherin helfen beim neuen Mädchen. Alis Schwester!

Mit ihr sprechen.

***

„Mein Bruder lernt kochen."

„Super!"

„Er holt mich heute ab.“

Oh oh. Das hat er mir nicht gesagt.

Langsam, langsam.

„Ali, das ist Aicha.“

„Hallo.“

„Er kocht.“

Ich weiß. „Oh? Wie super.“

Muss gehen. Die Straßenbahn kommt.

Den Text anschauen: „Danke fürs Rezept,“ schreibt Ali.

Sie lächelt.

DAY 7

First love

I spread the cooked grape leaves on a plate and trace the veins with a finger as if I were tracing her cheek. The chopped octopus blends with the rice paste which I smear over the leaves. Another sprinkle of turmeric, just a little. Then I roll. One, two, three, four, five. Five love rolls for the father of the girl who makes my heart flutter. I listen to Selena talk about the course she shares with Aicha. I try and imagine Aicha. Her fingers on the raspberry, how she opens the casing of the pc to insert the motherboard. Selena tells me that a cat had been forgotten inside one of the PCs. I try and imagine how Aicha sees the cat. Yes, there is a cat hiding inside the computer. Not only does she have a PC, she also has a pet now. She strokes it. I hope she keeps it. I would like to stroke it, too. I think hard. How am I going to give the love rolls to Aicha?

"Did your friend take the cat home?"

"No," says Selena. "She left it at the restaurant where we have the course. It will be good for catching mice."

My heart thumped.

"I´d like to see it," I said.

"Pick me up tomorrow again. I´ll ask Aicha to show it to you."

My heart beat so loudly I thought she might hear it. I had to live another day. I wrapped the love rolls in paper.

"What´s that?" my sister said.

"Just some stuff I made."

"Can I taste?"

"I´ll give you some you can share with your friend."

I texted Aicha: I´m coming tomorrow to see the cat. I´m bringing the love rolls. If you like them I can make some more for your father.

She answered. A little heart.

I sent one back, and wondered how I would sleep that night.

Erste Liebe

Ich breite die gekochten Weinblätter auf einem Teller aus und zeichne die Adern mit einem Finger nach, als würde ich ihre Wange nachzeichnen. Der gehackte Tintenfisch mischt sich mit der Reispaste, die ich über die Blätter schmiere. Noch eine Prise Kurkuma, nur ein bisschen. Dann rolle ich. Eins, zwei, drei, vier, fünf. Fünf Liebesrollen für den Vater des Mädchens, das mein Herz höherschlagen lässt. Ich höre Selena zu, wie sie über den Kurs spricht, den sie mit Aicha besucht. Ich versuche mir Aicha vorzustellen. Ihre Finger auf der Himbeere, wie sie das Gehäuse des PCs öffnet, um das Motherboard einzusetzen. Selena erzählt mir, dass eine Katze in einem der PCs vergessen wurde. Ich versuche mir vorzustellen, wie Aicha die Katze sieht. Ja, im Computer versteckte sich eine Katze. Sie hat nicht nur einen PC, sondern auch ein Haustier. Sie streichelt es. Ich hoffe sie behält es. Ich würde es auch gerne streicheln. Ich denke nach. Wie soll ich Aicha die Liebesrollen geben?

„Hat deine Freundin die Katze nach Hause gebracht?"

„Nein", sagt Selena. „Sie hat sie im Restaurant gelassen, wo wir den Kurs haben. Sie ist nützlich, sie kann Mäuse fangen."

Mein Herz schlug. „Ich würde sie gerne sehen", sagte ich.

„Hol mich morgen wieder ab. Ich werde Aicha bitten, sie dir

zu zeigen.“

Mein Herz schlug so laut, dass ich dachte, sie könnte es hören. Ich musste noch einen Tag überstehen. Ich wickelte die Liebesrollen in Papier.

„Was ist das?“, fragte meine Schwester.

„Nur ein paar Sachen, die ich gemacht habe.“

„Darf ich probieren?“

„Ich gebe dir etwas, das du mit deiner Freundin teilen kannst.“

Ich schrieb Aicha: Ich komme morgen, um die Katze zu sehen. Ich bringe die Liebesrollen. Wenn du sie magst, kann ich noch mehr für deinen Vater machen.

Sie antwortete. Ein kleines Herz.

Ich schickte eines zurück und fragte mich, wie ich in dieser Nacht schlafen würde.

DAY 8

Going Text

For Aicha and Ali, trying to meet up was like a game of snakes and ladders, just that it wasn´t a game. Ali had to get away from his uncle´s restaurant which was easier these COVID days as they were only allowed to do take-aways. But COVID brought with it other problems not conducive to a budding romance. Masks and distancing did add a certain edge to absence making the heart grow fonder, and there was no danger of having it wander, Ali thought. They had text and tethering, and just had to keep within the limits of their pre-paid phone accounts. No pix. No audio. That used too much bandwidth.

Ali would have to seduce Aicha with his words, and these had to be disguised – one never knew into what hands his or her mobile phone might fall, or who might be looking over her shoulder at home, curious about her raspberry. So every day Ali sent Aicha a recipe. He started with the spicy love rolls, and then a fresh dürüm followed by sweet baclava. His mother had said that the way to a man´s heart was through the stomach, but a woman? A woman needed words, words she could play with, savour, bring to life in her mind. Ali knew this. He had read old stories about distanced lovers. It would never be easy, he a Turk and she a Moroccan. But they were in Austria. Neutral territory. It should be able to work here. It was just their families they would have to turn around. Perhaps even there the food could help. He was becoming a better cook with each day. He had a goal now.

He was cooking for love.

TAG 8

Texten

Für Aicha und Ali war der Versuch sich zu treffen, wie ein Spiel mit Schlangen und Leitern, nur dass es kein Spiel war. Ali musste vom Restaurant seines Onkels wegkommen, was in diesen Corona-Tagen einfacher war, da sie Essen nur zum Mitnehmen verkaufen durften. Aber Corona brachte andere Probleme mit sich, die einer aufkeimenden Romanze nicht förderlich waren. Masken und Distanzierung hatten gewisse Grenzen gesetzt, man merkt, wie sehr man jemanden vermisst, und es besteht keine Gefahr, dass das Herz wandert, dachte Ali. Sie hatten Text und Tethering und mussten sich nur innerhalb der Grenzen ihrer Prepaid-Telefonkonten halten. Keine Bilder. Kein Ton. Das hätte zu viel Bandbreite verbraucht.

Ali würde Aicha mit seinen Worten verführen müssen, und diese mussten verkleidet werden - man wusste nie, in welche Hände sein oder ihr Handy fallen könnte oder wer zu Hause über ihre Schulter schauen könnte, neugierig auf ihre Himbeere. Also schickte Ali Aicha jeden Tag ein Rezept. Er begann mit den würzigen Liebesröllchen und dann einem frischen Dürüm, gefolgt von süßer Baklava.

Seine Mutter hatte gesagt, der Weg zum Herzen eines Mannes gehe durch den Magen. Aber bei einer Frau? Eine Frau brauchte Worte, Worte, mit denen sie spielen, die sie genießen und in ihrem Kopf zum Leben erwecken konnte. Ali wusste das. Er hatte alte Geschichten über ferne Liebhaber gelesen. Es würde niemals einfach sein - er ein

Türke und sie eine Marokkanerin. Aber sie waren in Österreich. Neutrales Gebiet. Es sollte hier funktionieren können. Es waren nur ihre Familien, die sie umdrehen mussten. Vielleicht könnte sogar das Essen helfen. Mit jedem Tag wurde er ein besserer Koch. Er hatte jetzt ein Ziel. Er kochte aus Liebe.

DAY 9

Banking business

"How are we going to keep the courses going?" Regina asked Peter. They were part of an association of nerds and helpers who saw the problem. Young girls and women of migration background - Turks, Moroccans, Serbs, Croatians, even a Nigerian woman - were being trained to troubleshoot hardware and software problems, so that their families could be connected. The association had set up the troubleshooting courses that were held in a back room of a friendly restaurant, but now with COVID and the necessary distancing despite the masks, the room for the course was too small.

"We´ll just have to rent a larger space, operate in two groups. We can´t stop now. They're just getting the hang of things," Peter said.

"But the donations. We don´t have enough to cover more than the raspberries."

"I´ll go to the bank and ask for help," Peter said.

"The banks won´t help us. They´re in the pockets of ..."

"Shhh. I have something in the safe. Now might be a good time to pawn the jewelry my mother left me in case of need."

"I´ve got some, too. We´re not going dancing anymore, anyway. We could see if the others can´t contribute."

The next day, Peter went to the Rask Bank in the centre of town and asked to go down to his safe.

"Third one today," the usher mumbled.

"Pardon?"

"Nothing. Excuse me."

"Oh, by the way, does your bank have any old computers lying around?"

"What do you mean?"

"Ones that aren´t used anymore. We recycle and upcycle them. For needy people."

The usher reflected, then nodded. "I´ll see what I can do," he said. He opened the door to the safe room.

"I won´t be long," Peter said.

The usher reflected. His sister – her husband had walked out on her – she had a child and didn´t know what to do now that schooling was online. She couldn´t afford the money. The Education Minister had said kids had to use IPads to be able to follow. Maybe he could help her. Maybe he could do something. There was a lot of IT equipment gathering dust in the store room. There must be a way to get hold of it.

TAG 9

Bankgeschäfte

„Wie werden wir die Kurse am Laufen halten?", fragte Regina Peter. Sie waren Teil einer Vereinigung von Nerds und Helfern, die das Problem erkannten. Junge Mädchen und Frauen mit Migrationshintergrund - Türkinnen, Marokkanerinnen, Serbinnen, Kroatinnen, sogar eine Nigerianerin - wurden darin geschult, Hardware- und Softwareprobleme zu beheben, damit ihre Familien online verbunden werden konnten. Der Verein hatte die Kurse zur Fehlerbehebung eingerichtet, die in einem Hinterzimmer eines freundlichen Restaurants abgehalten wurden; aber jetzt, mit Corona und den notwendigen Distanzen, war der Raum trotz der Masken für den Kurs zu klein.

„Wir müssen nur einen größeren Raum mieten und in zwei Gruppen arbeiten. Wir können jetzt nicht aufhören. Sie haben den Dreh jetzt raus", sagte Peter.

„Aber die Spenden! Wir haben nicht genug Geld, um mehr als die Himbeeren abzudecken."

„Ich werde zur Bank gehen und um Hilfe bitten", sagte Peter.

„Die Banken werden uns nicht helfen. Sie sind in den Händen von ..."

„Pssst. Ich habe etwas im Safe. Vielleicht ist jetzt ein guter Zeitpunkt, um den Schmuck zu verpfänden, den meine Mutter mir für den Notfall hinterlassen hat."

„Ich habe auch welchen. Wir gehen sowieso nicht mehr tanzen. Aber ich finde, wir sollten zuerst sehen, ob die anderen nicht doch einen Beitrag leisten können.“

***

Am nächsten Tag ging Peter zur Rask Bank im Zentrum der Stadt und bat darum, zu seinem Safe gebracht zu werden.

„Dritter heute“, murmelte der Servicemitarbeiter.

„Pardon?“

„Nichts. Entschuldigung.“

„Oh, übrigens, hat Ihre Bank alte Computer herumliegen?“

„Was meinen Sie?“

„Computer, die nicht mehr benutzt werden. Wir recyceln sie, setzen sie neu auf. Für bedürftige Menschen.“

Der Mann überlegte und nickte dann. „Ich werde sehen, was ich tun kann“, sagte er. Er öffnete die Tür zum Sicherheitsraum.

„Ich werde nicht lange brauchen“, meinte Peter.

Der Mann dachte nach. Seine Schwester - ihr Mann hatte sie verlassen - hatte ein Kind und wusste nicht, was sie jetzt tun sollte, da Schulunterricht online war. Der Bildungsminister hatte gesagt, Kinder müssten iPads benutzen um folgen zu können. Vielleicht könnte er ihr helfen. Vielleicht könnte er etwas tun. Im Lagerraum verstaubten viele IT-Geräte. Es musste einen Weg geben.

DAY 10

Vertigo

My laptop has died! And I'm the one who should know how to troubleshoot. What do I do now? Aicha trembled. She felt dizzy. She'd done all her homework, filled all the forms, done all the family e-banking. How was she to get away to the course? Yes, the course, but also the possibility of seeing Ali. At the gate. At the tram stop. Maybe even sitting next to him in the tram, masked of course; but he might touch her hand fleetingly. They didn't have to talk. Keeping aerosols at bay had another exciting restriction. She felt she might burst, even faint due to so much pent-up vertigo.

But she had a job to do. Fix the laptop. Prove that the course was for learning. Even if for her it was something new and exciting. How to describe it? This learning to love?

TAG 10

Panne

Mein Laptop ist gestorben! Und ich bin diejenige, die wissen sollte, wie man Fehler behebt. Was mache ich jetzt? Aicha zitterte. Ihr war schwindelig. Sie hatte alle ihre Hausaufgaben gemacht, alle Formulare ausgefüllt und das gesamte Familien-E-Banking erledigt. Wie sollte sie zum Kurs kommen?

Ja, der Kurs, aber auch die Möglichkeit Ali zu sehen.

Am Tor? An der Straßenbahnhaltestelle? Vielleicht sogar in der Straßenbahn neben ihm sitzen, natürlich maskiert; aber er könnte ihre Hand flüchtig berühren. Sie mussten nicht reden. Aerosole in Schach zu halten war eine weitere aufregende Einschränkung. Sie hatte das Gefühl, sie könnte platzen, sogar ohnmächtig werden, weil so viel Schwindel aufgestaut war.

Aber sie hatte einen Job zu erledigen. Den Laptop reparieren. Beweisen, dass man im Kurs etwas lernen konnte. Auch wenn es für sie etwas Neues und Aufregendes war. Wie beschreibt man das? Lernen aus Liebe?

DAY 11

Hacking alive.

"Help!" texted Selena. "My computer is losing its mind, its memory."

"Download Team Viewer. I'll come in and free up some more."

Selena watched the cursor take on a life of its own. It moved files around, scrunched some together, and filled the bin.

"Super, Aicha. When did you learn that? The day I missed?"

"It was tricky," Aicha laughed an emoji. "Hacker psychology, a bit."

"You'll have to show me. What do you want in return?"

"Some sweets from your brother perhaps? Can Ali make some baclava?"

Sure he'd love to. "We'd have to meet up after school."

"Or tomorrow. It's Saturday. How about 11 o'clock. The tram stop?"

***

Ali! Can you make some baclava? For Aicha? For Saturday? Tomorrow!

TAG 11

Reges hacken

„Hilfe!“, schrieb Selena per SMS. „Mein Computer verliert seinen Verstand, sein Gedächtnis.“

„Lade den Team Viewer herunter. Ich komme rein und mache mehr Platz im Speicher.“

Selena beobachtete, wie der Cursor ein Eigenleben annahm. Er bewegte Dateien, zerknüllte einige, der Papierkorb füllte sich.

„Super, Aicha. Wann hast du das gelernt? An dem Tag, den ich verpasst habe?“

„Es war schwierig,“ Aicha lachte eine Emoji. „Hacker-Psychologie, ein bisschen.“

„Du musst das mir zeigen. Was willst du als Gegenleistung?“

„Vielleicht ein paar Süßigkeiten von deinem Bruder? Kann Ali Baklava machen?“

Sicher würde er es liebend gerne tun. „Wir müssten uns nach der Schule treffen.“

„Oder morgen. Es ist Samstag. Wie wäre es mit 11 Uhr? An der Straßenbahnhaltestelle?“

***

„Ali! Kannst du etwas Baklava machen? Für Aicha? Für Samstag? Morgen!“

DAY 12

Baclava

The bedroom window looked out onto the street. At the end was a tram stop. The family was now used to the noise of the tram below. Ali had been in a rush and Selena had been shushing him. They had to go out, she´d said. Urgent business. Takeaway, Ali added. Catering, Selena corrected, as if elevating the task of packing portions of baclava would make it more credible.

Fatma nodded. Children. Always so excitable. She was glad, though, that Selena was doing the troubleshooting course. She was able to make some nice friends among the other students. There was that girl, Aicha, from Morocco, who was very helpful. Could even fix the pc from afar. Quite a feat, that. It was good that the children did not have the hang ups of their elders. And the girls didn't seem to mind Ali tagging along. He might even learn something from them. What was she thinking? She couldn´t tell Hakan. He would not approve of his son, how did they say, hanging out, yes, hanging out with two girls, one his sister, but the other from Morocco of all places.

"Daydreaming, my love," Hakan said and slipped an arm around his wife´s shoulders.

"I didn´t hear you come in," Fatma said and leant in against him.

***

Down on the street, Ali opened the box of baclava.

"They look wonderful," his sister said. "Look, here comes Aicha."

Ali closed the box and put on a serious face. She was coming. His love.

Aicha approached, a smile lighting up her face. Behind Ali´s head on the second floor she saw a face at the window. She quickly put on her mask. "The tram´s coming. Let´s go to town," she said.

TAG 12

Baklava

Das Schlafzimmerfenster lag zur Straße hin. Am Ende war eine Straßenbahnhaltestelle. Die Familie war jetzt an den Lärm der Straßenbahn gewöhnt. Ali war in Eile gewesen und Selena hatte „Pst!" gesagt. Sie müssten gehen, hatte sie gesagt. Dringende Angelegenheiten. Essen zum Mitnehmen, hatte Ali hinzugefügt. Catering, hatte Selena korrigiert, als würde der Profi-Ausdruck der Aufgabe Baklava auszuliefern die Glaubwürdigkeit erhöhen.

Fatma nickte. Kinder. Immer so aufgeregt. Sie war jedoch froh, dass Selena den Fehlerbehebungskurs absolvierte. Sie konnte unter den anderen Schülern ein paar nette Freunde finden.

Da war das Mädchen Aicha aus Marokko, das sehr hilfsbereit war. Konnte sogar den PC aus der Ferne reparieren. Eine ziemliche Leistung. Es war gut, dass die Kinder nicht die Probleme ihrer Eltern hatten. Und den Mädchen schien es nichts auszumachen, dass Ali mitging. Er könnte sogar etwas von ihnen lernen.

Was dachte sie? Sie konnte es Hakan nicht sagen. Er würde es nicht gutheißen, wie sagten sie, rumhängen, ja, mit zwei

Mädchen rumhängen, eines seine Schwester, aber das andere ausgerechnet aus Marokko.

„Tagträume, meine Liebe?", fragte Hakan und legte einen Arm um die Schultern seiner Frau.

„Ich habe nicht gehört, dass du reinkommst", sagte Fatma und lehnte sich gegen ihn.

***

Unten auf der Straße öffnete Ali die Schachtel mit Baklava.

„Sie sehen wunderbar aus", sagte seine Schwester. „Schau, da kommt Aicha."

Ali schloss die Schachtel und machte ein ernstes Gesicht. Sie kam. Seine Liebe.

Aicha näherte sich und ein Lächeln erhellte ihr Gesicht. Hinter Alis Kopf im zweiten Stock sah sie ein Gesicht am Fenster. Sie setzte schnell ihre Maske auf.

„Die Straßenbahn kommt. Lasst uns in die Stadt gehen", sagte sie.

DAY 13

The Real Motherboard

"Hakan, let me tell you a story," Fatma said, her fingers crossed behind her back.

"There once was a motherboard. She had all the things a motherboard needed to be happy:

sockets, memory slots, a chipset, a flash ROM with a bios, a clock generator to synchronize the various components. She also had connectors to support input devices like mouse and keyboard.

One day, there was a terrible storm, and the mother board had to be brought to a drier region. A young boy brought her to our home, but we couldn´t help her. That was Ali. So his sister Selena signed up for a course on how to troubleshoot, to make computer hardware usable. This was a free course for girls only. You agreed. The motherboard started to feel at home.

But one day, the motherboard became completely confused with all that was happening to her, and Selena asked her friend, Aicha, for help. Aicha was from Morocco and she knew – from her own parents - that she might not be welcome in a Turkish home. But she wanted so much to help the motherboard.

So one day, Aicha came in secretly and fixed all the files and positions, so that Selena´s computer could work perfectly, perfectly for the whole family, especially since full home schooling was to begin the following Monday.

Selena and Ali were very happy, and Ali prepared a box of baclava to give to Aicha for saving the Turkish motherboard."

Hakan pulled Fatma close and stroked her cheek. "Are you trying to tell me something, my love?"

Fatma lowered her eyes and whispered: "Life is so much better with a happy motherboard."

TAG 13

Die wirkliche Hauptplatine

„Hakan, ich will dir eine Geschichte erzählen," sagte Fatma und drückte die Daumen hinter ihrem Rücken.

„Es war einmal eine Hauptplatine. Sie hatte alles, was eine Hauptplatine brauchte, um glücklich zu sein:

Sockel, Speichersteckplätze, ein Chipsatz, ein Flash-ROM mit einem BIOS, einen Taktgenerator zum Synchronisieren der verschiedenen Komponenten. Sie hatte auch Anschlüsse zur Unterstützung von Eingabegeräten wie Maus und Tastatur.

Eines Tages gab es einen schrecklichen Sturm und die Hauptplatine musste in eine trockenere Region gebracht werden. Ein kleiner Junge brachte sie zu uns nach Hause. Das war Ali. Aber wir konnten ihr nicht helfen. Deshalb hat sich seine Schwester Selena für einen Kurs zur Fehlerbehebung angemeldet, um Computerhardware nutzbar zu machen. Dies war ein kostenloser Kurs, nur für Mädchen. Du hast zugestimmt. Die Hauptplatine begann sich zuhause zu fühlen.

Aber eines Tages war die Hauptplatine völlig verwirrt durch all das, was mit ihr geschah, und Selena bat ihre Freundin Aicha um Hilfe. Aicha stammte aus Marokko und wusste - von ihren eigenen Eltern - dass sie in einem türkischen Haus möglicherweise nicht willkommen wäre. Aber sie wollte so sehr der Hauptplatine helfen.

Also kam sie eines Tages heimlich herein und reparierte alle Dateien und Positionen, sodass Selenas Computer wieder perfekt funktionieren konnte, perfekt für die ganze Familie, zumal der vollständige Online-Unterricht am folgenden Montag beginnen sollte.

Selena und Ali waren sehr glücklich und Ali bereitete eine Schachtel Baklava für Aicha vor, als Dank dafür, dass die türkische Hauptplatine gerettet worden war."

Hakan zog Fatma an sich und streichelte ihre Wange. „Versuchst du mir etwas zu sagen, meine Liebe?"

Fatma senkte die Augen und flüsterte: „Mit einer glücklichen Hauptplatine ist das Leben so viel besser."

DAY 14

The Letter

To: Head of IT, Rask Bank

From: Ludwig Schmidt, usher

Friday, 13 November.

Dear Sir,

Yesterday, I took one of our clients down to the safety deposit boxes. On the way back up, he asked me if the bank had old computers in its cellars. He told me that he was involved in refurbishing them to give to needy young people in Vienna. I could relate to that. You see, my sister is now alone with a school-age daughter and she cannot afford a pc for her. I would like to help her, but you know that I cannot jump far on my salary.

So I´m wondering if the bank had any computers gathering dust, that no one uses anymore. And if so, if we could donate these. The man is after all a long-standing client, as was his late mother. Almost family, if you like. That way, I could ask for one, too, for my niece.

They just said on tv that schools would close down on Tuesday because of the virus. The corona virus. The man said they would clean the pcs and laptops and make them ready to use. They even have training or troubleshooting courses for girls. Perhaps my niece could attend one. But first she would need a computer. I believe I have seen some equipment in the storage cupboards. Please give my request positive consideration. Christmas is coming and the bank would look good, if you know what I mean.

Hopefully,

Ludwig Schmidt

TAG 14

Der Brief

An: IT-Leiter, Rask Bank

Von: Ludwig Schmidt, Servicemitarbeiter

Freitag, 13. November.

Sehr geehrter Herr,

gestern habe ich einen unserer Kunden zu den Schließfächern gebracht. Auf dem Rückweg fragte er mich, ob die Bank alte Computer in ihren Kellern habe. Er erzählte mir, dass er daran beteiligt ist sie aufzuarbeiten, um sie bedürftigen jungen Menschen in Wien zu geben. Ich konnte das nachfühlen, wissen Sie, da meine Schwester jetzt allein mit einer Tochter im schulpflichtigen Alter ist und sie kann sich keinen PC für sie leisten. Ich würde ihr gerne helfen, aber Sie wissen, dass ich nicht weit mit meinem Gehalt springen kann.

Ich frage mich also, ob die Bank Computer hätte, die verstauben und die niemand mehr benutzt. Und wenn ja, ob wir diese spenden könnten. Der Mann ist immerhin ein langjähriger Kunde, genau wie es seine verstorbene Mutter war.

Auf diese Weise könnte ich auch nach einem für meine Nichte fragen.

Im Fernsehen wurde berichtet, dass die Schulen am Dienstag wegen des Virus schließen würden. Das Coronavirus. Der Mann sagte, sie würden die PCs und Laptops reinigen und gebrauchsfertig machen. Sie haben sogar Kurse zur Fehlerbehebung, für Mädchen. Vielleicht könnte meine Nichte an einem teilnehmen. Aber zuerst würde sie einen Computer brauchen. Ich glaube, ich habe einige Geräte in den Lagerschränken gesehen.

Bitte beantworten Sie meine Anfrage positiv. Weihnachten steht vor der Tür und die Bank würde gut dastehen, wenn Sie wissen, was ich meine.

Hoffnungsvoll,
Ludwig Schmidt

DAY 15

First email

Ali sat at his tablet and scratched his head. He was in a bind.

The rules.

Half the text. Doable. Check.

Title. Doable. At the end.

Be original. Always.

What if? he thought.

He filled in the title and added a body.

Then, he validated, whatever that meant.

Name, social media, email.

"I agree."

OK, he was over 16; the rest, of course, was out of his hands.

He took a breath and pressed: "send".

TAG 15

Erstes E-Mail

Ali saß an seinem Tablet und kratzte sich am Kopf. Er war in der Klemme.

Die Regeln des Emails.

An? Adresse. Machbar. Prüfen.

Betreff? Machbar. Halber Text? Prüfen.

Der Text. Machbar. Prüfen.

Sei originell. Immer.

Was, wenn? dachte er.

Er füllte den Betreff aus und fügte einen Text hinzu.

Dann bestätigte er, was auch immer das bedeutete.

Name, soziale Medien, E-Mail.

„Ich stimme zu.“

OK, er war über 16; der Rest war natürlich nicht in seinen Händen.

Er holte Luft und drückte: „Senden“.

DAY 16

The What´s-Up Group

"It´s full lockdown tomorrow. What are we going to do? How are we going to meet? We can´t zoom yet on our equipment. The connections aren´t good enough. We need optical fibres to handle all our equipment," Aicha said.

Ali and Selena raised their eyebrows. She really had become a whizz. They were on the tram coming home and would soon have to say goodbye. Ali said he had a new way to do it that didn't upset the distancing rules.

"How?" Selena asked.

"Come here. Turn around."

Selena stood before Ali, her back to him.

Ali took her clothed shoulders and rubbed her back with his elbow. "That´s nice," Selena said. "You try, Aicha."

"No thanks. Let´s set up a what's up group," Aicha said. "We´ll soon be home."

"And let's play charades," added Ali.

"Charades?" said Selena.

"You know. One of us hints at something and the others have to guess."

"So what do you want to hint at," Aicha said with a smile.

"Charades on what´s up?" Selena asked. "We can use the

emojis?"

"That´s it," Ali said. "Don't stop now! Let´s fix the rules before we go."

"Right," they aid in unison and turned their backs on each other, rubbing backs goodbye with their elbows.

***

Back in the room they shared, Selena and Ali set up the "what´s-up group", including Aicha.

"I´ll start," Ali typed. Three little words.

Selena looked at her brother who blushed as the answer from Aicha came: "I know."

TAG 16

Die WhatsApp-Gruppe

„Morgen ist Ausgangssperre. Was werden wir tun? Wie werden wir uns treffen? Wir können noch nicht zoomen mit unserer Ausrüstung. Die Verbindungen sind zu schwach. Wir brauchen optische Fasern, um alle unsere Geräte zu handhaben“, meinte Aicha.

Ali und Selena hoben die Augenbrauen. Aicha war wirklich eine Zauberin geworden. Sie waren in der Straßenbahn, auf dem Heimweg, und mussten sich bald verabschieden. Ali sagte, er habe eine neue Methode, die die Distanzregeln nicht störe.

„Wie?“, fragte Selena.

„Komm her. Dreh dich um.“

Selena stand vor Ali, den Rücken zu ihm. Ali nahm ihre Schultern und rieb sie mit seinem Ellbogen. „Das ist schön“, sagte Selena.

„Jetzt versuchst du es, Aicha.“

„Nein danke. Lass uns eine WhatsApp-Gruppe machen“, sagte Aicha. „Wir werden bald zu Hause sein.“

„Und lass uns Scharade spielen“, schlug Ali vor.

„Scharade?“ fragte Selena.

„Einer von uns deutet auf etwas hin und die anderen müssen raten.“

„Also, worauf willst du hinweisen?", sagte Aicha mit einem Lächeln.

„Scharaden auf WhatsApp?" fragte Selena. „Können wir die Emojis benutzen?"

„So ist es", sagte Ali.

„Passt auf, lasst uns die Regeln festlegen, bevor wir gehen."

Als sie sich geeinigt hatten, drehten sie sich gegenseitig den Rücken zu und rieben die Ellbogen aneinander zum Abschied.

***

Zurück in ihrem Zimmer, richteten Selena und Ali die WhatsApp-Gruppe ein, einschließlich Aicha.

„Ich fange an", tippte Ali. Drei kleine Wörter.

Selena sah ihren Bruder an, der errötete als die Antwort von Aicha kam: „Ich weiß."

DAY 17

The Ways of Love

My three little words and her two. The effect is crazy. Her lips beckon. My heart is beating. I think I am having a heart attack. A heart attack at my age? It is crazy. And all in French. The language of love. But the sirens. Something menacing. Watch out. She turns away. Smiles with her lips. Her eyes. I´m in love. But is she?

TAG 17

Wo die Liebe hinfällt

Meine drei kleinen Worte und ihre zwei. Der Effekt ist verrückt. Ihre Lippen winken. Mein Herz schlägt. Ich glaube, ich habe einen Herzinfarkt. Ein Herzinfarkt in meinem Alter? Es ist verrückt. Und alles auf Französisch. Die Sprache der Liebe. Aber die Sirenen. Etwas Bedrohliches. Achtung. Sie dreht sich weg. Lächelt mit ihren Lippen. Ihren Augen. Ich bin verliebt. Aber ist sie es auch?

DAY 18

Roll of the Dice

"We have to work from home now," Selena said.

"Lucky I´ve got my laptop, and you yours. What is Ali doing?"

"Ali still has to deliver the food. He calls himself a caterer."

"He is quite good."

"Yes. And he likes it."

"I have an idea," said Aicha. "Let's roll a dice. We can do it on our phones. There are apps. They love you to gamble but we´ll only do the trials, so we don't have to pay."

"And?" said Selena.

"Well, if a six comes up, we win."

"Win what?"

"Win. And then try out our idea."

"Our idea?"

"OK. My idea."

"Tell me."

"You know how it´s important to love what you do."

"A luxury," said Selena.

"Doesn't have to be. Listen, you like drawing, Ali likes

cooking and catering, I like computers.”

“And? What are you getting at?”

“What if I design a website for Ali and you do the food drawings.”

“I like drawing people, too.”

“Then we´ll roll the dice to see how many of each you do.”

“And Ali will have to make the food and deliver it.” Selena was getting excited now.

“And the money he makes can pay for the internet connection, and he can pay us, …and then…”

“We can play for real with the dice?”

“No,” said Aicha. “We´ll invest it. In a restaurant where people can meet when COVID is over.”

Selena clapped her hands. “Ali will love the idea.”

“I know,” said Aicha with a smile.

TAG 18

Würfelspiel

„Wir müssen jetzt von zu Hause arbeiten", sagte Selena. „Zum Glück habe ich meinen Laptop und du deinen."

„Was macht Ali?"

„Ali muss das Essen noch liefern. Er nennt sich Caterer. Er ist ziemlich gut. Ja. Und er mag es."

„Ich habe eine Idee", sagte Aicha. „Lass uns würfeln. Auf unseren Handys. Es gibt Apps. Wir nutzen nur die Demo-Version, also müssen wir nicht bezahlen."

„Und?", fragte Selena.

„Wenn eine Sechs kommt, gewinnen wir."

„Was gewinnen wir?"

„Den Sieg. Und dann probieren wir unsere Idee aus."

„Unsere Idee?"

„OK. Meine Idee."

„Leg los."

„Du weißt, wie wichtig es ist, zu lieben, was man tut."

„Ein Luxus", sagte Selena.

„Muss nicht sein. Hör zu, du zeichnest gern, Ali kocht gern und macht Catering, ich mag Computer."

„Und? Was meinst du?"

„Was ist, wenn ich eine Website für Ali entwerfe und du das Essen zeichnest?“

„Ich zeichne auch gerne Leute.“

„Dann würfeln wir, um zu sehen, wie viele von jedem du machst.“

„Und Ali macht das Essen und liefert es aus.“

Selena wurde jetzt aufgeregt.

„Und das Geld, das er verdient, kann die Internetverbindung bezahlen, und er kann uns bezahlen, und dann…“

„Können wir wirklich mit den Würfeln spielen?“

„Nein“, sagte Aicha. „Wir werden das Geld investieren. In ein Restaurant, in dem sich Leute treffen können, wenn Corona vorbei ist.“

Selena klatschte in die Hände: „Ali wird die Idee lieben!“

„Ich weiß“, sagte Aicha mit einem Lächeln.

DAY 19

1980s Throwback

Peter and Regina were sitting on a bench in the sun. Between them sat an imaginary elephant. The rule now in Vienna was to keep a baby elephant distance from others. They both wore masks. Peter´s was white and Regina´s had flowers. Neither wore the wishy-washy blue of the government.

"I have a lovely turquoise blouse," Regina said. "But I don´t think I want to wear it again."

"I know what you mean," said Peter.

"Things were so much easier before the Internet," she said.

"There were good times and bad," said Peter. "Late 80s we were already connected. Via CompuServe. I still have friends from that time. No pix, just words. No music. No streaming."

"No mobiles either," Regina said. "We phoned to make appointments. Do people still have landlines?"

"That´s when they find you to sell you something or try to find out what you´re thinking."

"And there never was that 1984," Regina said.

"Oh, it´s coming. At least the young ones will be prepared. That´s what we have to look out for now."

"At least we knew what it was like back then," Regina said. "Did you wear flares?"

Peter nodded. "And an Afro." He laughed. "They called me curly. Nothing left now."

"Suits you," Regina said.

"It´s easy," he said.

"We´d better get going," Peter said. "Cops are coming. They´ll tell us to move along."

Regina sighed. "Damn lockdown. But it´ll keep us alive."

"Don´t forget the elephant," Peter said.

TAG 19

Erinnerungen an die 80er

Peter und Regina saßen auf einer Bank in der Sonne. Zwischen ihnen saß ein imaginärer Elefant. Die Regel in Wien war jetzt, so viel Abstand voneinander zu halten, dass ein Babyelefant dazwischen passt. Sie trugen beide Masken. Peters war weiß und Reginas voller kleiner Blumen. Sie trugen nicht das verwaschene Blau der Regierung.

„Ich habe eine hübsche türkisfarbene Bluse, sagte Regina. Aber ich glaube nicht, dass ich sie wieder tragen möchte."

„Ich weiß was du meinst", nickte Peter.

Vor den Internet-Zeiten sei es so viel einfacher gewesen, meinte sie.

„Es gab gute und schlechte Zeiten", sagte Peter. „Ende der 80er Jahre waren wir bereits verbunden. Über Compuserve. Ich habe noch Freunde aus dieser Zeit. Keine Bilder, nur Worte. Keine Musik. Kein Streaming."

„Auch keine Handys", sagte Regina. „Wir haben angerufen, um Termine zu vereinbaren. Gibt es noch Leute mit Festnetzanschlüssen?"

„Manche. Aber dann finden sie dich, um dir etwas zu verkaufen oder um herauszufinden, was du denkst. Und das gab es 1984 nie."

Zumindest wissen wir, wie es damals war", sagte Regina. „Hast du damals Schlaghosen getragen?"

Peter nickte. „Und Afro-Look." Er lachte. „Sie nannten mich Lockenkopf. Jetzt ist nichts mehr übrig."

„Passt zu dir", schmunzelte Regina.

„Es ist einfacher", meinte er. „Wir sollten besser losgehen. Polizisten kommen. Sie werden uns sagen, dass wir weitergehen sollen."
Regina seufzte. „Verdammte Sperre. Aber sie wird unser Leben retten."

„Vergiss den Elefanten nicht", grinste Peter.

DAY 20

To do list

Ali: List foods and prices

Selena: Draw pix

Aicha: Make website

Selena: Prepare flyers

Aicha: Go live.

TAG 20

Aufgabenliste

Ali: Liste Gerichte und Preise

Selena: Zeichne Bilder

Aicha: Erstelle die Website

Selena: Bereite Flyer vor

Aicha: Geh online.

DAY 21

I always wanted to be ...

I always wanted to cook. But father wanted me to work with computers. More money there, he said. But I knew people had to eat, and I loved hanging around my mother, watching her prepare weekend dinners. Ali, you´re in my way. Here. Make yourself useful. Peel these potatoes!

Mother showed me shortcuts, and she comforted me when I cut my thumb. So you see, cooking isn't just about food. It´s about love and comfort, too.

I don´t know if it was out of love or if she just wanted me out of the way, but Mother convinced Father to let me help out at his brother´s, my uncle´s.

"See," I said. "Uncle cooks."

"No, he doesn´t," father said. "He has people who do that for him. He runs a business. So you want to become one of those who work for him?"

"I want to learn," Ali said. "One day, I will have my own business, and it will be very successful for I will also cook and I will pour all my love into the meals and people will come from far and wide to taste Ali´s food."

My father sighed. My mother blew him a kiss and then he nodded.

"I shall ask your uncle to take you on. Keep it all in the family."

And I still love it. I can try new things. I have another reason now, too. Her name is Aicha.

Aicha blushed.

TAG 21

Ich wollte schon immer …

„Ich wollte immer kochen“, sagte Ali. „Aber Vater wollte, dass ich mit Computern arbeite. Das bringt mehr Geld, sagte er. Aber ich wusste, dass die Leute essen müssen, und ich liebte es, bei meiner Mutter herumzuhängen und zuzusehen, wie sie Wochenendessen vorbereitete. - Ali, du bist mir im Weg. Hier. Mach dich nützlich. Schäl diese Kartoffeln!

Mutter zeigte mir Tricks und sie tröstete mich, als ich mir in den Daumen geschnitten hatte. Beim Kochen geht es nicht nur um Essen, sondern auch um Liebe und Wohlbefinden.

Ich weiß nicht, ob es aus Liebe war oder ob sie mich nur aus dem Weg haben wollte, aber Mutter überzeugte Vater, mich bei seinem Bruder, meinem Onkel, helfen zu lassen.“

„Schau“, sagte ich, „der Onkel kocht.“

„Nein, tut er nicht“, sagte Vater. „Er hat Leute, die das für ihn tun. Er führt ein Geschäft. Du willst einer von denen werden, die für ihn arbeiten?“

„Ich will lernen“, erklärte ich. „Eines Tages werde ich mein eigenes Restaurant haben und es wird sehr erfolgreich sein, denn ich werde auch kochen und ich werde meine ganze Liebe in die Mahlzeiten gießen und die Leute werden von nah und fern kommen, um Alis Essen zu probieren.“

Mein Vater seufzte.

Meine Mutter gab ihm einen Kuss, dann nickte er. Ich werde

deinen Onkel bitten, dich aufzunehmen. Bleibt alles in der Familie.

Und ich liebe es einfach. Ich kann neue Dinge ausprobieren. Ich habe jetzt auch einen anderen Grund. Er heißt Aicha.“

Aicha errötete.

DAY 22

The Golden Shoes

"They´re beautiful," said Selena.

"But I can´t really wear them anywhere outside the house," said Aicha.

The girls were in Aicha´s room. It was the first time Selena had been invited over.

Aicha´s mother had greeted her wearing a long caftan. Aicha had served tea on the balcony - a black tea brewed with cane sugar and fresh mint leaves, and tiny sandwiches of cucumber and cream cheese, as well as some cupcakes. And then the girls had retired to Aicha´s room where Aicha had taken off her golden slippers decorated with little golden scales and beads.

"They hurt after a while."

"But they´re slippers," Selena said. "How can they hurt?"

"They are narrow," Aicha said, "and I have broad feet. Mama says I will never find a husband because my feet aren't dainty enough."

"That´s rubbish," Selena said. "A man doesn´t love you because of your feet."

"It´s not love that decides," Aicha said sadly. "My parents want me to marry a man of their choosing. He is to be educated and wealthy…"

"And like dainty feet?" Selena began to giggle.

“Don´t laugh. It´s not funny.”

“But we are in Austria now.”

“It´s because we are in Austria. They want to show that we are different, even if we are not rich. They see me as a way to a better life.”

“And what if you fall in love?”

“They will not like that. They will ignore it and just make greater efforts to find me a husband in Morocco, unless…”

“Unless you become so good at troubleshooting and get a job and leave home, and …become independent?”

“Yes,” said Aicha. “Tech educated and independent.”

“Then your broad feet won´t matter.” Selena swallowed a giggle.

“And I won´t need my golden slippers ever again,” Aicha said.

.

TAG 22

Die Goldenen Schuhe

„Sie sind wunderschön", sagte Selena.

„Aber ich kann sie nirgendwo außerhalb des Hauses wirklich tragen", meinte Aicha.

Die Mädchen waren in Aichas Zimmer. Es war das erste Mal, dass Selena eingeladen war. Aichas Mutter hatte sie mit einem langen Kaftan begrüßt. Aicha hatte auf dem Balkon Tee serviert - einen schwarzen Tee mit Rohrzucker und frischen Minzblättern, winzigen Sandwiches mit Gurken- und Frischkäse sowie einigen Cupcakes. Und dann hatten sich die Mädchen in Aichas Zimmer zurückgezogen, wo Aicha ihre goldenen Pantoffeln ausgezogen hatte, die mit kleinen goldenen Schuppen und Perlen verziert waren.

„Sie tun nach einer Weile weh."

„Aber das sind Hausschuhe, wie können sie weh tun?", fragte Selena.

„Sie sind zu schmal", sagte Aicha, „und ich habe breite Füße. Mama sagt, ich werde nie einen Ehemann finden, weil meine Füße nicht zierlich genug sind."

Selena widersprach: „Das ist Quatsch. Ein Mann liebt dich nicht wegen deiner Füße!"

„Aber es ist nicht die Liebe, die entscheidet", sagte Aicha traurig. „Meine Eltern möchten, dass ich einen Mann ihrer Wahl heirate. Er soll gebildet und reich sein ..."

„Und zierlichen Füße lieben?“ Selena fing an zu kichern.

„Lach nicht! Es ist nicht witzig.“

„Aber wir sind jetzt in Österreich!“

„Eben, genau deswegen. Sie wollen zeigen, dass wir anders sind, auch wenn wir nicht reich sind. Sie sehen mich als einen Weg zu einem besseren Leben.“

„Und wenn Du dich verliebst?“

„Das wird ihnen nicht gefallen. Sie werden es ignorieren und größere Anstrengungen unternehmen, um für mich einen Ehemann in Marokko zu finden. Es sei denn ...“

„Es sei denn, du bist so gut in der Fehlersuche und bekommst einen Job und verlässt das Haus und ... wirst selbstständig.“

„Ja, genau“, sagte Aicha.

„Technisch ausgebildet und unabhängig. Dann spielen deine breiten Füße keine Rolle.“ Selena unterdrückte ein Kichern.

„Und dann werde ich meine goldenen Pantoffeln nie wieder brauchen!“

DAY 23

Spying like Julia Child

"Do you want to know why I love cooking?" Ali asked Aicha who nodded vigorously.

"Because of an old spy lady."

"An old spy lady who could cook?"

"Yep. I was stranded with her."

"Where was that, and when?" Aicha pursed her lips.

"It's true. I was daydreaming in front of an old bookshop, and there she was, wooden spoon in her hand."

"Who?"

"Julia Child! The best cook in the world!"

"And she was a spy?"

"Yep. During the war. She was a bit like you."

"I'm not a spy and I can't cook," said Aicha.

"But you're good at computers."

"They didn't have any back then." Aicha pursed her lips again.

"She was like one. She made little cards with information on each. And that's where she met her husband. While she was doing computer work and being a spy. I kept going back to the bookshop, reading in that book, looking at others of course, but it was as if I was stranded with her, finding out about her, reading her recipes. She cooked for love," he said quietly.

Aicha glanced at him and blushed.

"Yes, her husband loved French cuisine, so after the war she stayed in France with him and signed up for a course of culinary arts at the Cordon Bleu."

"You know a lot about her," Aicha said.

"I googled all about her, "Ali said proudly.

Aicha peaked an eyebrow.

"Selena helps me," Ali said. "And I have a whole lot of recipes. I will learn to cook them. I will cook for you."

Aicha laughed. "And I will google for you and find you the best recipes in the world and you will become the best chef and you won´t have to be a spy or do computerly things, you´ll just have to cook."

TAG 23

Eine Spionin wie Julia Child?

„Magst du wissen, warum ich gerne koche?", fragte Ali Aicha, die heftig nickte.

„Wegen einer alten Spionin."

„Eine alte Spionin, die kochen konnte?"

„Ja. Ich war bei ihr gestrandet."

„Wo war das und wann?", Aicha schürzte die Lippen.

„Das ist wahr. Ich träumte vor einem alten Buchladen, und da war sie, mit einem Holzlöffel in der Hand."

„Wer?"

„Julia Child! Die beste Köchin der Welt!"

„Und sie war eine Spionin?"

„Ja. Während des Krieges. Sie war ein bisschen wie du."

„Ich bin kein Spion und kann nicht kochen", sagte Aicha.

„Aber du kannst gut mit Computern umgehen."

„Die gab es damals aber noch nicht!" Aicha schürzte wieder die Lippen.

„Julia Child machte kleine Karten mit Informationen zu jedem Fall. Und dann hat sie ihren Mann kennengelernt. Während sie mit den Karten arbeitete und eine Spionin war. Ich ging immer wieder in die Buchhandlung zurück, las in diesem Buch, sah mir natürlich auch andere Bücher an, aber es war, als wäre ich bei ihr gestrandet, hätte etwas über sie herausgefunden und habe ihre Rezepte gelesen. Sie hat aus Liebe gekocht", sagte er leise.

Aicha sah ihn an und wurde rot.

„Ja, ihr Mann liebte die französische Küche. Nach dem Krieg blieb sie mit ihm in Frankreich und nahm an einem Cordon Bleu Kochkunst Kurs teil."

„Du weißt viel über sie", sagte Aicha.

„Ich habe alles über sie gegoogelt", sagte Ali stolz.

Aicha hob eine Augenbraue.

„Selena hilft mir", gab Ali zu. „Und ich habe viele Rezepte. Ich werde lernen sie zu kochen. Ich werde für dich kochen."

Aicha lachte. „Und ich werde für dich googeln und für dich die besten Rezepte der Welt finden und du wirst der beste Koch sein und musst kein Spion werden oder Computer-Dinge tun, du musst nur kochen."

DAY 24

In times like these

"In times like these, Miloud, we cannot stand in the way. We are in another country trying to make a new life. For us. For the children. We must adapt. Our old ways do not fit here. Aicha will have to make her own choices. Look how good she is with the computer. And that young friend of hers, Selena."

"And the brother? Ali the cook?" Miloud said.

"Look at the TV, Miloud. So many successful cooks."

"He won´t be on tv. "

"How do we know? He may even become famous."

"Will his fame bring happiness for our Aicha?"

"Even if he is not famous, he does not care if her feet are dainty or not."

"What? How do you know that?"

"Aicha must have told his sister about her golden slippers. How her feet are too wide for them. How they hurt."

"His sister?"

"She was here for afternoon tea."

"So he uses his sister as his spy? And he wants to be famous?"

"No, Miloud. You want him to be famous."

"I did not say that."

"You want a famous husband for your daughter. Let them live, Miloud. We had to find our way. We were from the same country. You were not famous enough for my father, but I loved you."

"And we came here."

"Yes, Miloud. We left our families because they did not approve our union. Let us not make the same mistake. We are her to start a new life. For them."

TAG 24

In Zeiten wie diesen...

„In Zeiten wie diesen, Miloud, können wir nicht im Weg stehen. Wir sind in einem anderen Land und versuchen, ein neues Leben zu beginnen. Für uns. Für die Kinder. Wir müssen uns anpassen. Unsere alten Wege passen hier nicht. Aicha muss ihre eigenen Entscheidungen treffen. Schau, wie gut sie mit dem Computer umgehen kann.“

„Und diese junge Freundin von ihr, Selena. Und der Bruder? Ali, der Koch?“, fragte Miloud.

„Schau ins Fernsehen, Miloud. So viele erfolgreiche Köche.“

„Er wird nicht im Fernsehen sein.“

„Das können wir nicht wissen. Er kann sogar berühmt werden.“

„Wird sein Ruhm unserer Aicha Glück bringen?“

„Auch wenn er nicht berühmt ist wird ist es ihm egal, ob ihre Füße zierlich sind oder nicht.“

„Was? Wie kannst du das wissen?“

„Aicha muss seiner Schwester von ihren goldenen Pantoffeln erzählt haben. Wie ihre Füße zu breit für sie sind. Wie sie weh taten.“

„Seiner Schwester?“

„Sie war hier zum Nachmittagstee.“

„Also benutzt er seine Schwester als Spionin? Und er will

berühmt werden?“

„Nein, Miloud. Du willst, dass er berühmt ist.“

„Das habe ich nicht gesagt.“

„Du willst einen berühmten Ehemann für unsere Tochter. Lass sie leben, Miloud. Wir mussten uns auch zurechtfinden. Wir waren aus dem gleichen Land. Du warst nicht berühmt genug für meinen Vater, aber ich habe dich geliebt. Und wir kamen hierher. Ja, Miloud. Wir haben unsere Familien verlassen, weil sie unsere Beziehung nicht gebilligt haben. Machen wir nicht den gleichen Fehler. Wir sind hier, um ein neues Leben zu beginnen. Für sie.“

DAY 25

Horoscope Horoscope

Aicha. Cancer.

NOV 25, 2020 ...it will provide you with an opening to start a conversation with someone you've been dying to get to know better. When you do start this conversation, try to appeal to their intellect rather than their emotions.

"What sign of the zodiac are you, Ali?" Aicha said.

"Why?"

"I want to see if we are compatible."

"Scorpio," said Ali. "So what are you?"

"Cancer," said Aicha.

"So are we compatible?"

"It would seem so, but it may not be as easy as that."

"What do you mean?"

"Well, you´re not into computers."

"And you can´t cook. So? We both have things that don´t fit."

"And my parents…"

"Your parents? Do we have to be compatible with them?"

"It helps."

"How?"

"They decide the direction of my life."

"But you don't even like your golden slippers, Selena told me."

"I never thought of it that way."

"And what if?" Ali said.

"What if what?" Aicha said and blushed.

"I have to get cooking," Ali said.

You already seem to be, Aicha thought as she nodded with a smile.

Ali. Scorpio

NOV 25, 2020: Differing opinions are enlightening because they show you what people really are passionate about.

TAG 25

Horoskop

Aicha. Krebs.

25. NOVEMBER 2020 ... es bietet sich Ihnen die Möglichkeit, ein Gespräch mit jemandem zu beginnen, den Sie unbedingt besser kennenlernen möchten. Wenn Sie dieses Gespräch beginnen, versuchen Sie eher Intellekt als Emotionen anzusprechen.

„Welches Tierkreiszeichen hast du, Ali?", fragte Aicha.

„Warum?"

„Ich möchte sehen, ob wir kompatibel sind."

„Skorpion", sagte Ali, „und was bist du?

„Krebs", meinte Aicha.

„Sind wir also kompatibel?"

„Es scheint so, aber vielleicht ist es doch nicht so einfach."

„Was meinst du?"

„Du stehst nicht auf Computer."

„Und du kannst nicht kochen."

„Wir haben beide Dinge, die nicht passen. Und meine Eltern…"

„Deine Eltern? Müssen wir mit ihnen kompatibel sein?"

„Es hilft."

„Wie?"

„Sie bestimmen die Richtung meines Lebens.“

„Aber du magst deine goldenen Pantoffeln nicht einmal, sagte mir Selena.“

„So habe ich es noch nicht gesehen ….“

„Und was wäre wenn?“, fragte Ali.

„Was wäre wenn was?“ Aicha errötete.

„Ich muss kochen“, sagte Ali.

Du scheinst es schon zu tun, dachte Aicha und nickte mit einem Lächeln.

Ali. Skorpion.

25. NOVEMBER 2020: Unterschiedliche Meinungen sind aufschlussreich, weil sie Ihnen zeigen wo Menschen wirklich leidenschaftlich sind

.

DAY 26

Families

"It would be great if we could bring both families together, have the parents meet each other," Selena said into her WhatsApp.

"That´s impossible in this lockdown. People can´t meet. There´s a limit in the restaurant and we´re only doing takeaways," said Ali.

"But, what if we use the computers. Zoom. I can set up both," said Aicha.

"We could celebrate Thanksgiving," said Selena.

"We´re not American," said Ali. "And anyway, all the pumpkins were cut up for Halloween, and have you ever seen a turkey in Vienna?"

"But we could say we were giving thanks – thanks that we are all together and safe."

"Yes," said Aicha. "Ali, you could send some recipes - via YouTube – and mother could make some too. And I could film her making some of her favourite food and send it to you to replicate."

"It could work," Ali said raising an eyebrow. "Both families will be trying the favourites of the other."

"But first we must make a list of all the things they don´t like – just so we don´t make something to upset one or the other," said Aicha.

"Good idea," agreed Selena. What a clever friend I have.

"And what about me," asked Ali.

"And a clever brother, too. The parents will just have to like each other."

"If anything can do it, food can," said Ali. "Now let´s do those lists."

TAG 26

Familien

„Es wäre toll, wenn wir beide Familien zusammenbringen könnten, die Eltern sich treffen könnten", schrieb Selena auf WhatsApp.

„Das ist in dieser Sperre unmöglich. Leute können sich nicht treffen. Im Restaurant gibt es ein Limit und wir machen nur Essen zum Mitnehmen", antwortete Ali.

„Aber was ist, wenn wir die Computer benutzen. Zoomen. Ich kann beide einrichten", schrieb Aicha.

„Wir könnten Thanksgiving feiern," meinte Selena.

„Wir sind keine Amerikaner", schrieb Ali, „und überhaupt, alle Kürbisse wurden für Halloween geschnitten, und hast du jemals einen Truthahn in Wien gesehen? - Aber wir könnten sagen, wir danken, dass wir alle zusammen und sicher sind."

„Ja", sagte Aicha. „Ali, du könntest ein paar Rezepte schicken - via YouTube - und Mutter könnte auch welche machen. Ich könnte sie filmen, wie sie ihr Lieblingsessen macht, und es dir schicken, damit du es nachkochen kannst."

„Das könnte funktionieren", schrieb Ali und hob eine Augenbraue. „Beide Familien werden die Lieblingsspeisen der anderen ausprobieren."

„Aber zuerst müssen wir eine Liste aller Dinge erstellen, die sie nicht mögen - nur damit wir nicht etwas machen, das den einen oder anderen verärgert", brachte Aicha vor.

„Gute Idee“, bestätigte Selena, „was für eine kluge Freundin ich habe.

„Und was ist mit mir?“ fragte Ali.

„Ja, auch einen klugen Bruder. - Die Eltern müssen sich nur mögen.“

„Wenn irgendetwas sie zusammenbringen kann, dann Essen“, behauptete Ali. „Und jetzt lasst uns diese Listen machen.“

DAY 27

A Close Shave

It was when Selena was out. She´s said I could use her raspberry. I texted Aicha. Did she have time to chat. She said yes. We fired up our raspberries, well she hers and I Selena's when all of a sudden, standing behind her, was Aicha´s father. He looked really angry and his eyebrows started twitching, or maybe it as the skin beneath them.

"So, this is your trouble shooting, Aicha?"

Aicha trembled.

"And is that mister trouble I can see?"

"Yes," said Aicha. "But he is no trouble. Remember those foods you liked when we all met? Ali cooked them."

"Hmmm," said Aisha's father. "Yes, they were very good. So we won´t shoot this trouble today, but …"

Yes, Father. She didn´t look up at me until he had left the room.

"Oof," I said. "That was a close shave … which reminds me…"

"I love a man with a beard," Aicha said. "They say that a kiss without a beard is like the heaven without stars…"

My heart started racing. Lucky we were on raspberries or there really would be trouble.

TAG 27

Mit dem Schrecken davongekommen

Es war, als Selena draußen war. Sie hatte gesagt, ich könnte ihre Himbeere benutzen. Ich schrieb Aicha eine SMS. Ob sie Zeit zum Plaudern hätte? Sie sagte ja.

Wir haben unsere Himbeeren hochgefahren, also sie ihre und ich Selenas, als plötzlich Aichas Vater hinter ihr stand. Er sah wirklich wutend aus und seine Augenbrauen begannen zu zucken, oder vielleicht nur die Haut unter ihnen.

„Das ist also deine Fehlersuche, Aicha?"

Aicha zitterte.

„Und ist das Herr Problem, den ich sehen kann?"

„Ja", sagte Aicha. „Aber er ist kein Problem. Erinnerst du dich an die Speisen, die du mochtest, als wir uns alle trafen? Ali hat sie gekocht."

„Hmmm", sagte Aichas Vater. „Ja, sie waren sehr gut. Also werden wir dieses Problem heute nicht lösen, aber ..."

„Ja Vater." Sie sah mich nicht an, bis er den Raum verlassen hatte.

„Uuups", sagte ich, „das war knapp... was mich erinnert..."

„Ich liebe einen Mann mit Bart", sagte Aicha, „man sagt, dass ein Kuss ohne Bart wie der Himmel ohne Sterne ist ..."

Mein Herz begann zu rasen. Zum Glück hatten wir Himbeeren, sonst würde es wirklich Ärger geben.

DAY 28

The Broken Mask

Ali prepared some falafals adding cumin, cilantro, paprika, and cayenne pepper, as well as chickpea flour before rolling them into balls and frying them. When they had cooled, he put them in a takeaway box with some Mahshi of grapevine leaves stuffed with rice, herbs, tomato sauce, and seasoning. That should do it, he said. I´ll drop these off at Aicha´s doorstep. No contact.

He reached for his mask hanging to dry by the window. Putting it on, he saw the elastic was overstretched and starting to fray.

"The mask is broken! Selena!"

"Whats´up?" Selena said.

"My mask is broken and I have a delivery to make.!

"You shouldn´t wear those flimsy ones, anyway," she said. "Here, take one of these."

"It makes me look like a doctor," Ali said. "Do I throw it away afterwards?"

"I think you can get a couple of wears out of it," Selena said. "We should maybe find out. Buy a box of them. From the delivery money."

Ali fiddled with the box. "It´s a gift, " he said not raising his head.

"Uh oh," Selena said. "Aisha's father will know it´s from you. He will want to pay."

"So we´re all good," Ali said, and adjusted the new white mask. "See you."

Selena sighed and waved. "My brother in love."

TAG 28

Die kaputte Maske

Ali bereitete einige Falafels zu, indem er Kreuzkümmel, Koriander, Paprika und Cayennepfeffer sowie Kichererbsen-Mehl hinzufügte, bevor er sie zu Kugeln rollte und briet. Als sie abgekühlt waren, legte er sie in eine Schachtel zum Mitnehmen mit etwas Mahshi aus Weinblättern, gefüllt mit Reis, Kräutern, Tomatensauce und Gewürzen.

Das sollte reichen, dachte er. Ich werde das vor Aichas Haustür abgeben. Kein Kontakt. Er griff nach seiner Maske, die am Fenster zum Trocknen hing. Als er sie überzog sah er, dass das Gummiband überdehnt war und anfing zu fransen.

„Die Maske ist kaputt! Selena!"

„Was ist los?"

„Meine Maske ist kaputt und ich muss eine Lieferung machen!"

„Du solltest diese Fetzen sowieso nicht tragen", sagte sie. „Hier, nimm eine von mir. FFP2."

„Da sehe ich ja aus wie ein Arzt! Werfe ich sie danach weg?"

„Ich denke, du kannst sie ein paar Mal tragen", meinte Selena. „Das sollten wir vielleicht herausfinden. Kauf eine Schachtel davon. Vom Liefergeld."

Ali spielte mit der Schachtel herum. „Das ist ein Geschenk", sagte er mit gesenktem Kopf.

„Oh oh,“ meinte Selena. „Aichas Vater wird wissen, dass es von dir ist und wird bezahlen wollen.“

„Alles wird gut“, erwiderte Ali und streifte die neue weiße Maske über. „Wir sehen uns.“

Selena seufzte und winkte. Mein verliebter Bruder.

DAY 29

The Storm

"Regina, I just got a call from a school in distress, but they´re not in Vienna."

"Distress can be anywhere. Let´s see how we can help."

"Someone in Salzburg can donate a whole bunch of material, but we´ll have to fetch it."

"Let´s ask around if someone has a small bus or big car, and let´s get the kids to help us."

***

"Aicha, Peter and Regina need our help. See if you can come with Selena and me to get new equipment to a school. We just have to help wheel the stuff inside. Many hands make light work. And it looks like it may even rain. Don´t forget the mask," he added.

A whole afternoon with Aicha. A dream almost coming true, thought Ali. The parents can´t refuse. Peter and Regina have helped us all so much. Now it´s our turn to help them.

"Selena, bring the tarpaulin. We may need it if it rains. We can cover the equipment up."

"But how will we transport it all to the car?"

"Bet there are those supermarket roller things hanging around. People often forget to take them back."

***

When they arrived at the school with a fully laden minibus it was pouring cats and dogs. Peter gave them a roll of plastics bins.

"Put each piece in a bag. That should keep them dry."

Ali took the tarpaulin and Aicha and Selena each took one end. The children held it up like a canape and Peter was able to fill the supermarket cart – one had indeed been laying around, and on its side – with equipment protected in plastic bin bags. The children walked with him, protecting him and the cart and its booty from the downpour.

"Kids, you'll get soaked," Peter said.

"I brought a couple of blankets," Ali said.

"They'll be no good if you're wet," Peter said.

"So let's run," Ali said. And off they ran with their canopy tarpaulin, Peter doing his utmost to keep up.

"A crazy idea," Peter said to Regina who passed around a thermos of hot tea and then toweled the kids' heads down.

"But we did it!" Ali said proudly.

"You sure did. Now a whole class will get its equipment," Regina said.

And I have some time near Aicha, Ali thought and looked at
Selena who knowingly smiled as his little finger touched
Aicha's.

TAG 29

Der Sturm

„Regina, ich habe gerade einen Notruf von einer Schule bekommen, aber sie ist nicht in Wien."

„Probleme kann's überall geben. Mal sehen, wie wir helfen können."

„Jemand in Salzburg kann eine ganze Menge Material für sie spenden, aber wir müssen es bringen."

„Fragen wir mal, ob jemand einen kleinen Bus oder ein großes Auto hat, und wir lassen uns von den Jungen helfen."

***

„Aicha, Peter und Regina brauchen unsere Hilfe. Schau, ob du mit Selena zu mir kommen kannst. Eine Schule bekommt eine neue Ausrüstung. Wir müssen nur helfen, das Zeug vom Spender abzuholen und hinzubringen. Wenn viele anpacken geht's schneller. Und es sieht so aus, als könnte es sogar regnen. - Und vergesst die Masken nicht!", fügte Ali hinzu.

Ein ganzer Nachmittag mit Aicha. Ein Traum, der wahr wird, dachte Ali. Die Eltern können nicht ablehnen. Peter und Regina haben uns allen sehr geholfen. Jetzt sind wir an der Reihe, ihnen zu helfen.

„Selena, bring die Plane. Wir brauchen sie vielleicht, wenn es regnet. Dann können wir die Ausrüstung zudecken."

„Aber wie werden wir alles zum Auto transportieren?"

„Wetten, dass da ein Einkaufswagen herumsteht. Die Leute vergessen so oft sie zurückzubringen."

***

Als sie mit dem vollbeladenen Kleinbus vor der Schule ankamen, regnete es in Strömen.

Ali nahm die große Plane aus dem Auto, Aicha und Selena nahmen jeweils ein Ende. Die Mädchen hielten sie wie einen Schutzschirm hoch und Peter konnte den Supermarktwagen - einer lag tatsächlich umgestürzt herum - mit den Geräten füllen, die in Plastikmüllsäcken geschützt waren.

Die jungen Leute gingen mit ihm und schützten ihn, den Karren und seine Beutestücke vor dem Regen.

„Kinder, ihr werdet völlig durchnässt", sagte Peter.

„Ich habe ein paar Decken mitgebracht", beruhigte Ali ihn.

„Die helfen auch nichts, wenn ihr klitschnass seid", sagte Peter.

„Also lass uns rennen!", rief Ali.

Und sie rannten mit ihrer Plane los und Peter tat sein Möglichstes Schritt zu halten.

„Eine verrückte Idee!", bemerkte Peter hinterher zu Regina, als sie eine Thermoskanne mit heißem Tee herumreichte.

„Aber wir haben es geschafft!", meinte Ali stolz.

„Das habt ihr wirklich. Jetzt wird eine ganze Klasse ihre

Ausrüstung bekommen“, sagte Regina.

Und ich habe etwas Zeit in der Nähe von Aicha, dachte Ali und sah Selena an, die wissend lächelte, als sein kleiner Finger Aichas berührte.

DAY 30

Hope springs eternal

Selena and Aicha were zooming, with Aicha telling Selena about backgrounds so one wouldn´t see people walking past or an untidy bookshelf or cupboard.

"You could get one," Selena said and then giggled. "In case your Dad looks over your shoulder and into the camera and scares Ali."

"Someone call me?" Ali said and sat down next to Selena and waved. "Hi Aicha!"

"Hi there. I´ve had an idea," Aicha said.

"Not again," Selena said and rolled her eyes.

Ali, his elbow on the table, just cupped his chin in his hand and said: "And? Shoot!"

Aicha brushed a strand of hair from her face and said: "How about we start a business? We talked about it before. We could already get everything prepared while we´re still in lockdown."

"You mean already start setting up the website," Selena asked.

Aicha nodded. "And get customer responses – compliments and all that."

"But nobody knows about us yet," Ali said.

"The parents! The parents all tasted Ali´s cooking! We could interview them. It´s the rage."

"Hallo Sir, how did you like my love rolls?" Ali said with a straight face.

Selena and Aicha giggled. "You can´t say that," said Selena.

"He just did," a deep voice boomed over Aicha's shoulder. "And I must say, they were delicious!" said Aicha's father and placed a hand on his daughter´s shoulder. "Aicha, you must interview your mother," he said.

Selena clapped her hands and hugged her brother. "We shall work on the offerings straight away, and I shall do some lovely drawings," she said.

"And we can have all the parents together, trying out my recipes," Ali said.

The two PCs were thrumming with hope as the young people envisaged a future together with contented families after Corona.

HAPPY END

TAG 30

Hoffnung

Selena und Aicha zoomten, und Aicha erzählte Selena von Hintergrunddekor, damit man beim Zoomen keine vorbeigehenden Menschen oder ein unordentliches Bücherregal oder einen Schrank sehen kann.

„Du könntest eins benutzen", sagte Selena und kicherte dann. „Für den Fall, dass dein Vater über deine Schulter in die Kamera schaut und Ali Angst macht."

„Jemand ruft mich?", fragte Ali, setzte sich neben Selena und winkte. „Hallo Aicha!"

„Hallo. Ich habe eine Idee", sagte Aicha.

„Nicht schon wieder", stöhnte Selena und verdrehte die Augen.

Ali, einen Ellbogen auf den Tisch gestützt, legte nur sein Kinn in die Hand und sagte: „Und?"

Aicha strich sich eine Haarsträhne aus dem Gesicht und sagte: „Wie wäre es, wenn wir ein Unternehmen gründen? Wir haben schon einmal darüber gesprochen. Wir könnten schon alles vorbereiten, während wir noch im Lockdown sind."

„Du meinst, bereits mit der Einrichtung der Website beginnen?", fragte Selena.

Aicha nickte.

„Und Kundenantworten erhalten - Rezensionen und all das?"

„Aber noch weiß ja niemand von uns", warf Ali ein.

„Die Eltern! Die Eltern haben alle Alis Küche probiert! Wir könnten sie interviewen. Interviews sind der letzte Schrei."

„Hallo Sir, wie hat Ihnen meine Liebesrolle gefallen?", fragte Ali mit ernstem Gesicht.

Selena und Aicha kicherten.

„So kann man das nicht sagen", kritisierte Selena.

„Er hat es einfach getan", dröhnte eine tiefe Stimme über Aichas Schulter. „Und ich muss sagen, sie waren köstlich!", sagte Aichas Vater und legte eine Hand auf die Schulter seiner Tochter. Aicha, du musst deine Mutter interviewen", sagte er.

Selena klatschte in die Hände und umarmte ihren Bruder.

„Wir werden sofort an den Speisen arbeiten, und ich werde einige schöne Zeichnungen machen", verkündete sie.

„Und wir können alle Eltern zusammenbringen, um meine Rezepte ausprobieren", schlug Ali vor.

Die beiden PCs summten voller Hoffnung, als sich die jungen Leute eine Zukunft vorstellten - gemeinsam mit zufriedenen Familien. Nach Corona.

HAPPY END

About the author

Following a language degree in Sydney, Australian **Sylvia Petter** trained as a translator in Vienna and Brussels; she became an international civil servant in telecommunications policy before starting to write fiction in the 90s in Geneva where she was a founding member of the Geneva Writers´ Group.

Based in Vienna since 2006, she holds a PhD in Creative Writing from UNSW (2009). Her stories have appeared online and in print since 1995, notably in *The European* (UK), *Thema* (US), *The Richmond Review*, *Eclectica*, *Reading for Real* series (Canada), the anthology, *Valentine´s Day, Stories of Revenge* (Duckworth, UK), on BBC World Service, as well as in several charity anthologies, and flash-fiction publications. Two of her flash fictions have appeared online at *Reflex Press*, with others being included in *Ad Hoc Fiction* anthologies.

Her latest book of short fiction, *Geflimmer der Vergangenheit* (Riva Verlag, Germany, 2014), includes 21 stories drawn from her English-language collections, *The Past Present* (IUMIX, UK, 2001), *Back Burning* (IP Australia, Best Fiction Award 2007), and *Mercury Blobs* (Raging Aardvark, Australia, 2013), and translated into German by Eberhard Hain, Chemnitz.

Writing as AstridL, several erotic stories appeared in anthologies in the US (Alyson Books) and the UK (Xcite) and subsequently in her collection of 17 erotic tales, *Consuming the Muse,* (Raging Aardvark, Australia, 2013.)

In 2014, she organized in Vienna the 13th International Conference on the Short Story in English.

Her debut novel, *All the Beautiful Liars*, which placed 3rd in the 2016 Yeovil Novel Prize, was published as an Eye Bolt eBook by Eye & Lightning Books, UK, in March 2020 and in paperback and audio in 2021.

Sylvia blogs on her website at www.sylviapetter.com where there is more on her and her writing.

Biografie der Autorin

Nach einem Sprachstudium in Sydney absolvierte die Australierin **Sylvia Petter** eine Ausbildung zur Übersetzerin in Wien und Brüssel; Sie wurde internationale Beamtin in der Telekommunikationspolitik, bevor sie in den 90er Jahren in Genf begann, Belletristik zu schreiben, wo sie Gründungsmitglied der Geneva Writers´ Group war.

Sie lebt seit 2006 in Wien. 2009 erwarb sie ihren PhD in Kreativem Schreiben an der Universität New South Wales in Sydney. Seit 1995 erscheinen ihre Erzählungen online und in Magazinen wie *The European* (UK), *Thema* (USA), *The Richmond Review*, *Eclectica*, in der Serie *Reading for Real*s (Kanada), in der Anthologie *Valentine´s Day, Stories of Revenge* (Duckworth, UK), bei BBC World Service, in weiteren Anthologien in Buchform und online, z. B. *Reflex Press* und *Ad Hoc Fiction*.

Ihr neuester Erzählband mit dem Titel *Geflimmer der Vergangenheit* (Riva Verlag, Germany, 2014) enthält 21 Geschichten, die aus ihren englischsprachigen Sammlungen *The Past Present* (IUMIX, UK, 2001), *Back Burning* (IP Australia, mit dem Best Fiction Award 2007 ausgezeichnet), und *Mercury Blobs* (Raging Aardvark, Australia, 2013) ausgewählt und von Eberhard Hain (Chemnitz) ins Deutsche übersetzt wurden.

Unter dem Pseudonym AstridL erschienen erotische Geschichten in Anthologien in den USA (Alyson Books) und Großbritannien (Xcite). In Australien kam ihre Sammlung von 17 erotischen Geschichten unter dem Titel *Consuming the Muse* (Raging Aardvark, 2013) heraus.

2014 organisierte sie in Wien die 13th International

Conference on the Short Story in English.

Ihr erster Roman, *All the Beautiful Liars*, wurde an dritter Stelle für den 2016 Yeovil Novel Prize gereiht und als Eye Bolt eBook von Eye & Lightning Books (UK) im März 2020 herausgebracht und erschien 2021 als Taschenbuch und Hörbuch.

Sylvia Petter bloggt auf ihrer Website www.sylviapetter.com. Dort finden sich weitere Informationen über die Autorin und ihre Werke.